系統思考解決問題・有效提升閱讀素養
名偵探柯南
DETECTIVE CONAN
晨讀10分鐘推理課2
小学校
原作●
青山剛昌
編撰●松田玲子
繪圖●松田辰彥
★這張圖與封面
有7處不同，
大家來找碴吧！

目錄

登場人物介紹

毛利蘭
非常照顧柯南與少年偵探團的女高中生，擅長空手道。

江戶川柯南
外表看似小孩，其實是被灌藥而身體變小的高中生名偵探工藤新一。

灰原哀
將工藤新一變成小孩的藥物開發者，自己也吃了藥，變成小孩。

吉田步美
好奇心旺盛的小女孩，可說是少年偵探團的偶像。
阿笠博士
包括偵探徽章在內發明許多偵探道具的發明家。平時十分的照顧少年偵探團。
小嶋元太
自稱是少年偵探團的團長，力氣很大又很貪吃。
圓谷光彥
少年偵探團的一員，個性十分認真，懂得很多知識。
毛利小五郎
小蘭的父親，前刑警。拜柯南所賜，現在是很有名的偵探。

故事 1

逃跑的小貓熊！

今天是開心快樂的戶外教學日。柯南班上的同學及導師一起搭乘電車，來到動物園。

入口招牌上畫著大象、獅子、長頸鹿等各種動物。步美抬頭看著招牌，開心的大喊：「哇，是小貓熊耶，好可愛喔！」

元太和光彥也興奮的說：「還有老虎耶！好酷喔！」

「我想去看大猩猩！」

小林老師對大家說：「好了，我們要進去囉！動物園裡還有其他參觀的民眾，大家要守規矩，排隊進場喔！」

謎題 1

動物園入口的招牌上，總共畫了幾種動物？

答案請參閱第 123 頁

班上的同學排成兩列，依序通過動物園的閘門。一走進入口就是一個大廣場。廣場正面有一座模仿南極製成的假冰山，以及可以瀏覽水中景象的大型水族箱。

「你看，有好多企鵝！」

同學們站成一排，欣賞各種企鵝。這裡有威風凜凜的國王企鵝、走路搖搖晃晃十分可愛的阿德利企鵝，還有在水族箱裡快速游動的巴布亞企鵝。

謎題 2

請往終點前進，而且要看完所有動物。同一條路不能走兩次。

答案請參閱第 123 頁

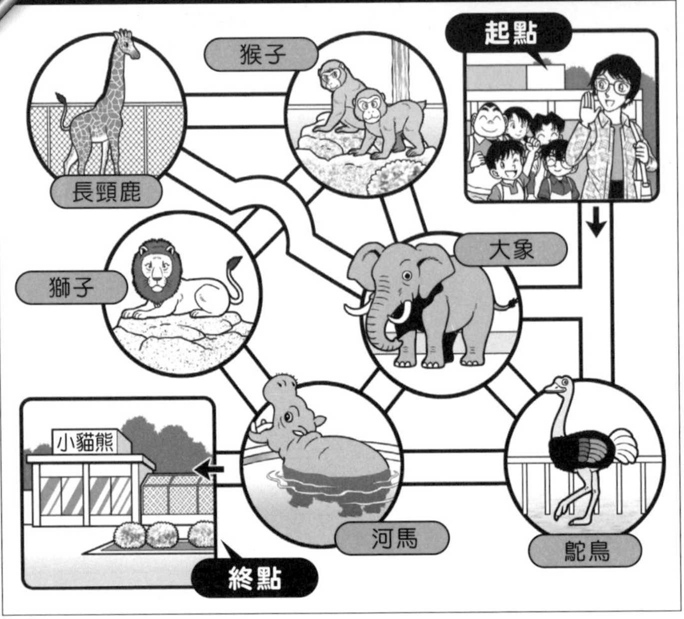

「企鵝是鳥類，雖然不像一般的鳥類那樣在空中飛，但卻可以在海裡游得飛快。」

小林老師仔細對班上同學講解。同學們都很認真聆聽，並且專注觀察企鵝游泳的模樣。過了一會兒，小林老師說：「好囉！我們繼續往前走。」

柯南和班上同學排成兩列，依序前進。

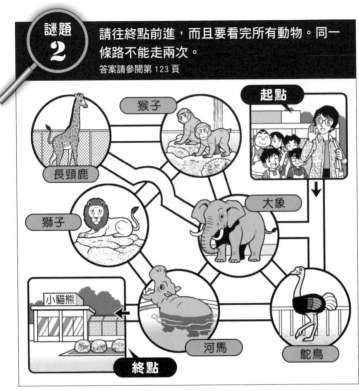

謎題 3

下列①～⑥的小貓熊，哪一隻不在戶外活動場上？

答案請參閱第 123 頁

大家看到了好多動物，接下來要看的是小貓熊。胖嘟嘟的小貓熊在柵欄圍起的戶外活動場中跑來跑去、滾來滾去。

「哇，好可愛！」步美大聲說著。

柯南閱讀著柵欄前解說牌上的說明，發現了一件事。「咦？奇怪，這個場地裡應該有六隻小貓熊才對，可是怎麼看都只有五隻。」

小哀驚訝的說：「該不會是逃跑了？」

柯南指著一棵長在戶外活動場柵欄外的樹說：「我知道了，牠應該是沿著那根樹枝爬出去了。」

那棵樹斷了一根樹枝，剛好卡在柵欄上。「今天的風很強，那根樹枝可能是被吹斷的。」

此時，剛好有一名園區的飼育員經過，柯南告訴他有一隻名為「寬太」的小貓熊沿著那根樹枝跑出去了。

飼育員嚇了一跳，趕緊四處尋找。

步美擔心的說：「真希望能順利找到寬太。」

光彥拿著偵探徽章對大家說：「我們少年偵探團也一起找吧！」

柯南接著說：「小貓熊很會爬樹，還會從這棵樹跳到另一棵樹，我們分頭去找小貓熊可能會去的地方吧！」

少年偵探團一邊保持聯絡，一邊尋找樹上有沒有小貓熊的身影。

元太找到了在樹上的寬太。「找到了，在那裡！」

柯南帶著飼育員，從四面八方團團包圍住那棵樹，拿著網子準備捕捉小貓熊。其中一名飼育員對著小貓熊喊著：「寬太，快回到我們身邊吧！」

寬太看起來很不安，想要逃到其他地方去。「糟了，前面是廣闊的植物園，要是被牠逃走就很難抓回來了。」

柯南開始想辦法，柯南問元太：「對了，元太，你今天的背包裡裝了哪些東西？」

元太打開自己的背包查看，一邊說：「我看看，我帶了飯糰、水煮蛋、洋芋片，還有香蕉……」

元太靈機一動，「對了！可以拿香蕉引誘牠！」

柯南接過香蕉，剝皮後掰了一小塊，高舉到樹枝附近。寬太慢慢靠近柯南，拿走香蕉。柯南將剩下的香蕉交給飼育員。

平時負責照顧寬太的飼育員拿著香蕉，呼喚寬太：「寬太，快過來！」

寬太輕輕一蹦跳進飼育員懷裡，所有人見狀終於放

下心來，沒想到……聽到消息趕來的小林老師，一臉嚴肅的斥責：「你們幾個怎麼可以擅自行動呢？」

「對、對不起。」少年偵探團覺得自己太魯莽，趕緊向老師道歉。飼育員開心的向老師解釋：「老師，請您不要生氣，多虧了這些孩子們的幫忙，我們才能順利找回寬太。」

「唉呀，原來是這麼一回事啊！」小林老師看見飼育員懷裡的寬太，放心的露出了笑容。

飛天玩具小汽車

星期日的午後，涼風徐徐的吹，柯南和少年偵探團在公園裡踢足球，班上的石田同學突然跑來找他們。

「我正在找你們，有事想委託少年偵探團。」

「委託案件來了！」元太的雙眼閃耀著光芒。

石田同學說：「那個……我想請你們幫我找玩具小汽車。」

「什麼啊，原來是要我們找玩具啊！」

眾人一聽不免覺得失望。

石田同學再次請求：「拜託你們幫幫我，那是我爸爸很珍惜的玩具小汽車，它從窗戶飛走了！」

「你說什麼？玩具小汽車飛走了？」

柯南和少年偵探團完全聽不懂石田同學在說什麼。

石田同學拚命拜託：「一定要趕快找到，要不然我就慘了。」

少年偵探團決定接受石田同學的委託，石田同學於是帶著少年偵探團回家。

「這間是我爸爸的房間。」房間裡擺放著許多玩具小汽車。

光彥興奮的讚嘆：「哇，好棒的收藏品啊！」

石田同學向少年偵探團說明，玩具小汽車不見時的情景。「那是今天早上發生的事情，難得的星期天，我爸爸竟然出門去打高爾夫球。

謎題 1

這裡有兩張照片，一張是現在的樣子，一張是之前的照片。請問不見的玩具小汽車是1～12的哪一輛？

答案請參閱第 123 頁

我一個人在家好無聊，就到爸爸的房間玩。爸爸以前曾經告誡我，不可以玩他收藏的玩具小汽車，可是我忍不住把它們拿出來玩。」石田同學指著有玻璃門的裝飾櫃這麼說。

小哀看了看櫃子說：「這些都是很珍貴的限量商品吧？」

「是啊！我拿出來之後，我們家養的狗約翰就跑來找我玩。沒想到一個不小心，玩具小汽車就從窗戶飛出去了……」石田同學回答。

步美問：「石田同學，不見的玩具小汽車長什麼樣子？」

「嗯，我只知道是這張照片裡的其中一輛……」石田同學拿出一張照片給大家看。

「不見的應該是十號汽車。好，我們去外面找找看吧！」

窗戶的下方是庭院，地上是一整片草坪。庭院正中間立著鯉魚旗桿，大大的鯉魚旗隨風飄揚。大家一起在庭院裡找玩具小汽車，可是都沒找到。光彥歪著頭想：「真是奇怪，如果是從那扇窗戶掉下來，應該會掉在這一帶才對。」

「我也是這麼想，所以我才說玩具小汽車飛走了。萬一找不到，我該怎麼辦才好？」石田同學的聲音聽起來快要哭了。

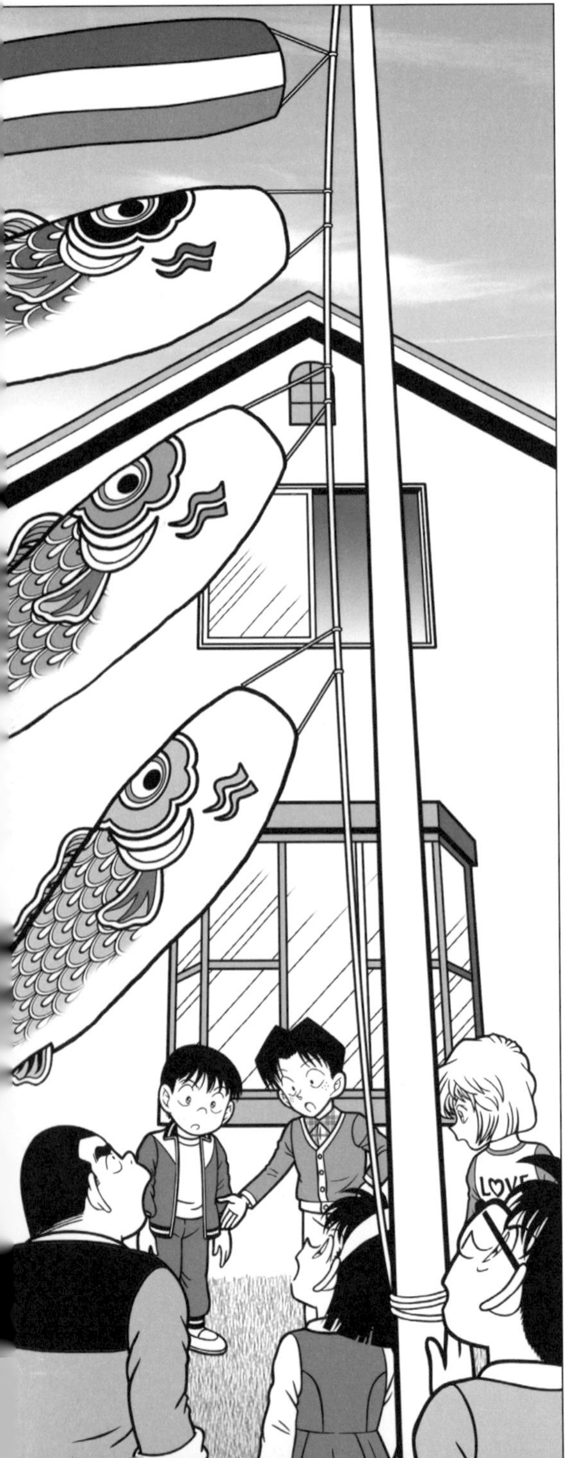

「冷靜一點，我們一定能在這附近找到線索。」

柯南看著天空繼續說：「飛走的玩具小汽車啊……『飛』的意思是乘著風在空中移動。可以藉著風勢飛翔的東西是……」

柯南陷入思考。

「我知道了，在天空飛的玩具小汽車的真相是這樣……」柯南對著大家說：「玩具小汽車從窗戶掉進鯉魚旗裡。」

「怎麼可能？鯉魚旗是圓筒狀的，要是掉進去，玩具小汽車也會掉到地上才對。」元太不認同柯南的說法。

「照理說是這樣沒錯，但重點在於風強不強。如果風很強，鯉魚旗就會在空中『游』得很快，這股力道可以把玩具小汽車拋得很遠。」

「原來如此，早上的風確實很強。」

謎題 2

早上吹南風（由南往北吹），玩具小汽車最可能掉在什麼地方？

答案請參閱第 123 頁

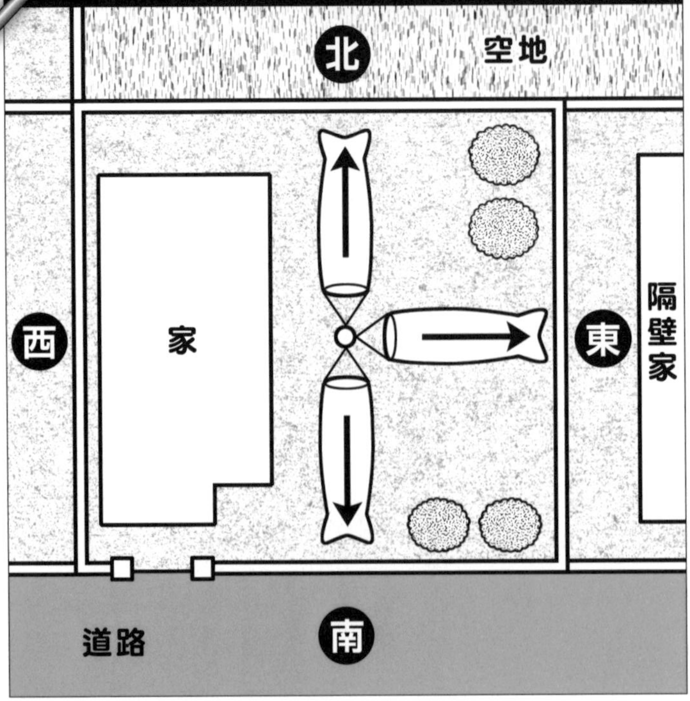

「這樣的話，我們該找哪個地方呢？」小哀和步美環顧四周。

「不用擔心，考量當時的風向就能知道玩具小汽車會飛到哪裡去了。」

「對了，我今天早上有看電視新聞的氣象預報，我記得是吹南風。」光彥指著南方說。

柯南一行人來到空地尋找。

「哇，這裡好多雜草喔！」不僅如此，現在已經是傍晚，四周開始變暗。在這個狀況下，要找到玩具小汽車可說是更加困難。

「石田同學，請你回家隨便拿一台玩具小汽車，並且把約翰一起帶過來。」石田同學趕緊跑回家，把約翰帶了過來。

柯南讓約翰聞了聞玩具小汽車的味道，對牠說：「乖，去找出味道跟這個一樣的東西。」

此時一名揹著高爾夫球具的男人，正從馬路對面走過來。

「啊，爸爸回來了！」

約翰也在這個時候叫了一聲。只見牠一臉得意的模樣，嘴裡咬著玩具小汽車，搖著尾巴走過來。

「你找到啦！約翰，你好棒！」石田同學開心的摸了摸約翰，並對少年偵探團說：「謝謝你們！我要向爸爸道歉，把這個還給爸爸。」石田同學將玩具小汽車握在手裡，向大家道謝後，往爸爸的方向跑去。

「太好了！」事情順利落幕，少年偵探團的每個人都很開心。

故事
3

發光的電腦教室之謎

某天早上，柯南一行人一起上學，走進教室後，發現同學們正議論紛紛。

柯南問班上同學：「發生什麼事了？」

其中一名同學回答：「電腦教室鬧鬼了耶！」

「鬧鬼？」

「昨天傍晚，和也同學他們一起到學校拿忘了的東西，發現應該沒有人的電腦教室，竟然發出藍白色的光。」

「你怎麼知道電腦教室裡應該沒有人在？」

「因為教室上了鎖。」

「這樣啊，我來問清楚一點。」於是柯南跑去找和也同學。

當時我們走在昏暗的走廊上。
你看，這個時間電腦教室竟然有亮光……
ポワァ
※發光
那亮光看起來好恐怖。
難道裡面有人嗎？
沒人，教室的門是鎖著的。
カタカタカタ…
※喀噠、喀噠、喀噠
教室裡傳來奇怪的聲音！
快跑，有鬼啊！
和也同學

「就是這麼一回事。」和也同學一邊顫抖一邊道出昨天的遭遇。

「能不能拜託少年偵探團調查一下電腦教室？再這樣下去，大家都會嚇到不敢上學了。」圍在一旁的同學們也紛紛點頭。

「我知道了，我們只要找出為什麼會發光就可以了。」

元太一說完，光彥也興奮的說：「可能發生這種情形的原因包括

『阿飄』、『鬼火』、『飛碟』……還有，神祕的發光現象『球狀閃電』，事情越來越有趣了。」

好不容易等到放學時間。

「我們開始調查吧！」少年偵探團一放學立刻趕往電腦教室，第一步先調查門口附近，發現教室門是鎖著的。「看來沒人使用時，電腦教室都會鎖著。總之，我們先開鎖。」電腦教室的門鎖是輸入數字密碼的密碼鎖，面板上有三乘三排，共九個數字按鈕。

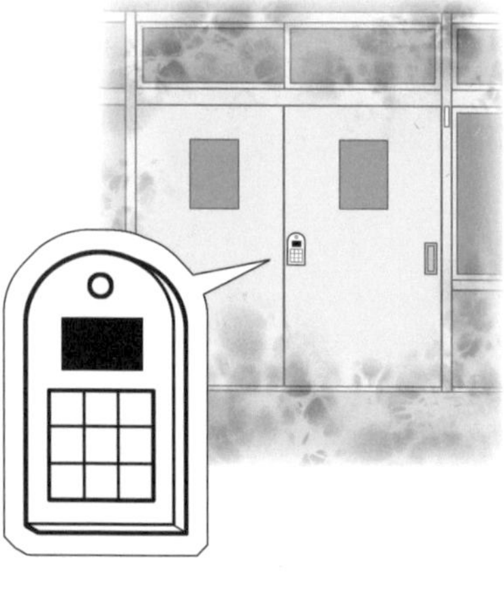

「大家一起想辦法，輸入數字密碼吧！」

少年偵探團成功打開了鎖。

「好，鎖開了。來開門吧！嘿咻嘿咻……還真難開啊！」

元太蹲低身體，站穩重心，打開了電腦教室沉重的大門。電腦教室裡擺放了許多電腦。柯南和其他人分頭尋找線索，無論是電腦、書桌還是地板都不放過。後來小哀發現了一個綁著透明塑膠片的鑰匙圈。

小哀說：「這裡掉了一個鑰匙圈，可能是某個同學的東西吧？」

謎題 1

只要輸入無論是直向、橫向或斜向相加都是15的數字就能開鎖。請在□中填入正確的數字。

答案請參閱第 123 頁

	7	
1		9
8		

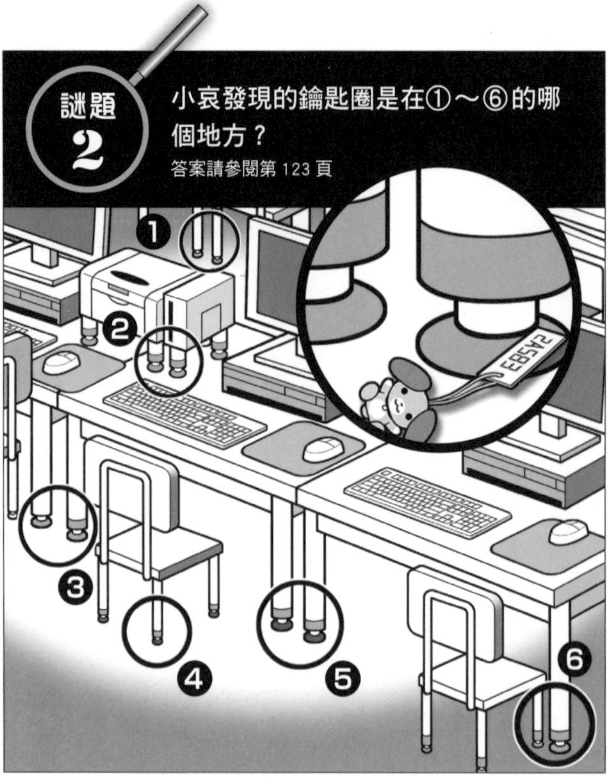
謎題 2
小哀發現的鑰匙圈是在①～⑥的哪個地方？
答案請參閱第 123 頁
2A583
1
2
3
4
5
6

「咦？那個塑膠片上好像寫了什麼字？」

光彥唸出文字。

「2、A、5、8、3……這好像是密碼？」

少年偵探團打開電腦開關，在輸入密碼的地方輸入「2、A、5、8、3」。

不過，不管輸入幾次，畫面都顯示「密碼錯誤」。小哀滿頭問號的說：「好奇怪喔，難道是哪裡搞錯了？」

謎題 3

輸入寫在透明塑膠片上的密碼，解開電腦鎖，輸入的密碼包括數字和英文字母喔！

答案請參閱第 123 頁

柯南拿起塑膠片思考。「我知道了，我們都看反了。」柯南將塑膠片轉過來，對大家說：「你們看！透明塑膠片的文字正反兩面都能看。」

接著，少年偵探團輸入正確的密碼。解開密碼後，電腦螢幕出現了一篇名為《媽媽，謝謝你》的文章。

就在這個時候——

ガタン
※喀噠！
媽媽，謝謝你。
謝謝你每天為了家人
煮飯、打掃、洗衣服，
真的很謝謝你。
假日時我一定會
幫你做家事，
誰？
一名高年級學姊走了進來。
ガタガタ
※嘎噠、嘎噠…
糟了，你們都看到了嗎？
ガララ…
※嘎啦嘎啦…
快跑，有鬼啊！
カタカタ…
※喀噠、喀噠…
這是學姊寫的文章嗎？
嗯，是的。
昨天傍晚和也來學校的時候，你也在這裡用電腦，對吧？

柯南問清楚了整件事的過程。

「對，自從在學校學會用電腦之後，我就偷偷來電腦教室寫信給媽媽。如果在家裡用電腦，就會被媽媽發現，所以我才擅自溜進教室使用電腦。」學姊一臉愧疚的說。

「不過，教室是鎖著的，你是怎麼進來的呢？」小哀覺得不可思議，所以開口問學姊。

「其實是我之前當值日生打掃電腦教室的時候，看過老師開鎖，所以偷偷記下了密碼。」學姊雙手合十，繼續說：「拜託你們，我的

※嗶嗶

謎題 4

柯南到底說了什麼呢？請從①～③選出正確詞彙填入（　）裡。

答案請參閱第 123 頁

❶ 亮光

❷ 真面目

❸ 笑容

俳聖芭蕉有云：
「仔細看幽靈，其實（　）只是枯萎的芒草。」

信快要寫完了，請你們不要告訴老師，我再也不會偷偷的溜進電腦教室了。」

「好，我答應你。」

柯南點頭同意，學姊開心的繼續寫信。

「俳聖芭蕉有云『仔細看幽靈，其實（　　）只是枯萎的芒草』。」

步美問柯南：「這是什麼意思啊？」

「這是一句日本俗諺，意思是許多我們覺得可怕的事情，其實只是平凡無奇的事物，都是人類的心理作用，自己嚇自己罷了。」

「傍晚的學校本來就有點恐怖。話說回來，和也他們來學校的時候，電腦教室的鎖應該已經解開了，為什麼門卻打不開呢？」

元太笑著說：「一定是因為太害怕了，所以以為門是鎖著的。」

接著又像是想到什麼似的說：「對了，我也來寫信給媽媽好了。」

於是他打開電腦，開始寫信。「我想想，要怎麼寫信呢？」

「要按這個圖示。」元太坐在電腦前，光彥教他如何使用。

「喔，這樣啊！按下去。」

畫面跳到文書軟體的輸入畫面。

「原來如此，謝謝你。接著是謝……」由於不熟悉操作方法，元太急得額頭都冒汗了。光彥一邊笑元太，一邊出了一道題目。

「好，我要寫囉！第一句是『媽媽謝謝你』，嗯，我看看……媽……要怎麼打啊？」

「要按這個啦！」

謎題 5

下列❶～❹中，有一個可以用來形容元太目前狀態的成語，請問是哪一個？

答案請參閱第 123 頁

❶ 半途而廢	❷ 百發百中
❸ 力不從心	❹ 如魚得水

「真的耶，完全符合元太現在的狀況。」步美說出正確解答，呵呵的笑出聲。

元太一臉很生氣的樣子，柯南對元太說：「你們不要笑元太啦！元太，放棄算了？」

元太聽到柯南這麼說，繼續對著電腦打字並回答：「看我的，我會努力寫完信，再將信拿給媽媽。你們一定要為我加油喔！」

謎題 6

請大聲唸出柯南對白裡的圖文字，提示是「一」與「二」。

答案請參閱第 123 頁

加油！不要放棄！
既可以練習打電腦，
又可以寫母親節的信，
這對元太來說，
簡直是『　』啊！
元太的媽媽
一定會很高興。

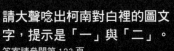

「沒問題！」所有人都圍在元太身邊為他加油。

第二天傍晚……

「快寫完了！」

「加油！」

這一天，電腦教室依舊散發著藍白色的光芒。「神祕燈光的真相，其實是思念媽媽的溫柔光芒！」小哀輕聲的說。

カチャ
カチャ
媽媽，謝謝你平時的照顧。
我好喜歡媽媽，就像喜歡鰻魚飯一樣，
所以我要拜託
再讓我吃鰻

※喀噠、喀噠…

故事4

夏天到了！露營！烤肉！

暑假到了。

阿笠博士帶著柯南他們到山上露營。

「到處都綠油油的，好美啊！」

大家深深吸了幾口山上的新鮮空氣。

「好了，我們開始準備露營吧！」

阿笠博士將帳篷打開，與柯南他們一起搭帳篷。

「好了，完成了。」

「接下來可以準備烤肉了，我要吃好多好多肉！」

元太抱著存放肉和蔬菜的冰桶過來。

光彥笑著說：「元太，我們才剛到而已耶。」

「對了，離中午吃飯時間還早，我們去『瞭望台』吧！對面有指示牌。」步美指著後方說。

柯南一行人來到了瞭望台步道入口。「指示牌上寫著『途中有岔路，請注意行走方向』。」

所有人一邊走一邊注意箭頭方向的指示，順利抵達瞭望台。眼前不僅是一整片廣闊的藍天，腳下還可眺望

謎題 1

請按照箭頭方向，從起點走到終點。途中如果遇到箭頭方向相反的情形就要停下來，從頭再來。

答案請參閱第 123 頁

遠方的城鎮。柯南一行人吹著涼風，坐在長凳上喝茶。此時，小哀發現長凳下方有一台數位相機。「哎呀！有人掉了這個。」

「我們拿去還給失主吧！」

「可是，要怎麼找到失主呢？」

正當大家不知道該怎麼辦的時候，柯南指著數位相機說：「相機主人的線索就在相機裡。」

柯南說完便打開了相機的電源。

「你們看，這張照片裡有帳篷，地點是剛剛的露營區。」

「我懂了，只要按照照片裡的線索去找就可以了。」於是柯南一行人急急忙忙的回到露營區。

「欸，是不是那座帳篷啊？」光彥找到了失主的帳篷。

謎題 2
找出和照片中一模一樣的帳篷。答案是哪一個呢？
答案請參閱第 124 頁
1
2
3
4
5
6
7
8
9
10

「對，照片中的人也在那裡，絕對不會錯。」柯南將相機交給站在帳篷前的大哥哥。

「謝謝你們，我們想不出相機掉在哪裡，正煩惱該怎麼找呢！」大哥哥收下相機，看起來十分開心。

「好了，我們去烤肉吧！」

「終於！」

元太手腳俐落的拿出食材，一一擺放在桌上，沒想到……

「咦？肉呢？怎麼沒有肉！」元太驚訝的說。

桌子上擺放的食材有茄子、紅蘿蔔、玉米和青椒。但是卻沒有看到帶來的肉。

「你們過來看

這邊。」柯南指著地上說。

「那是動物的腳印。」

「對了，我有帶迷你動物圖鑑來。」光彥從背包拿出圖鑑。

柯南比對圖鑑與地上的腳印。

「這樣子就能知道這些腳印是什麼動物的了。」

柯南很快的瀏覽了一遍圖鑑。

謎題 3

請從①～⑥中找出與右頁相同的腳印。

答案請參閱第 124 頁

「在那裡！」

山崖上有一隻嘴裡叼著一盒肉的狸貓。柯南跳上「渦輪噴射滑板」，打開開關。滑板揚起灰塵，爬上山崖。

「柯南，找到肉了嗎？」元太也跑上山崖邊坡。

「噓！」柯南指著山洞裡的巢穴，巢穴裡有小狸貓。

「狸貓媽媽是為了小孩才叼走肉的。」

兩人決定留下那盒肉，回到露營區的帳篷。

「可是，我還是好想吃肉喔！」元太一邊啃著玉米，一邊嘆氣。

就在這個時候，剛剛找回相機的大哥哥帶著一盒肉走過來。

「你們好，如果不嫌棄的話，這個送給大家一起吃？」

※喀啦…

他將自己帶來的肉分給柯南他們。

「哇，謝謝大哥哥！」

這次的露營真是太開心了。

柯南 道具檔案

柯南使用的道具是解決案件不可或缺的幫手，一起來看看有哪些道具吧！

犯人追蹤眼鏡

將貼紙型追蹤器黏在鎖定的對象身上，打開眼鏡的天線和螢幕，就能知道對方的行蹤。

伸縮吊帶

按下按鈕吊帶就會縮短，輕鬆舉起重物。

偵探徽章

雙向傳訊型的徽章，少年偵探團的成員靠這個徽章互相聯絡。

所有道具都是阿笠博士發明的！

這些道具都是阿笠博士發明出來的。阿笠博士看似是一位糊塗老爺爺，其實頭腦相當聰明喔！

增強踢力球鞋

穿上它就能增強踢力。用它來踢出足球，抓住犯人吧！

▲柯南曾經對著怪盜基德踢出足球，奪回被偷走的寶石。

領結型變聲器

轉動領結後方的轉盤，對著它說話就能改變聲音。

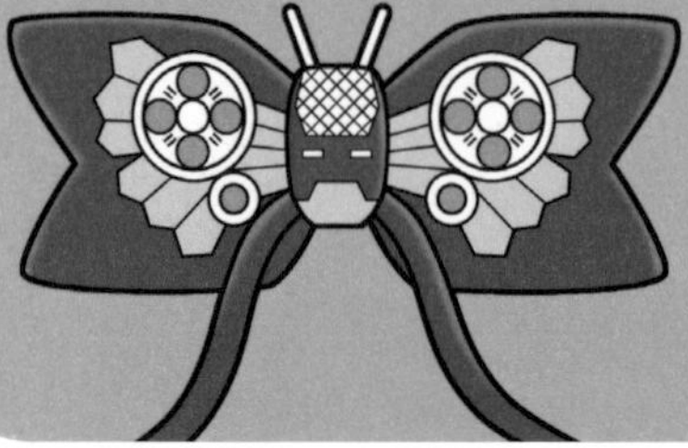

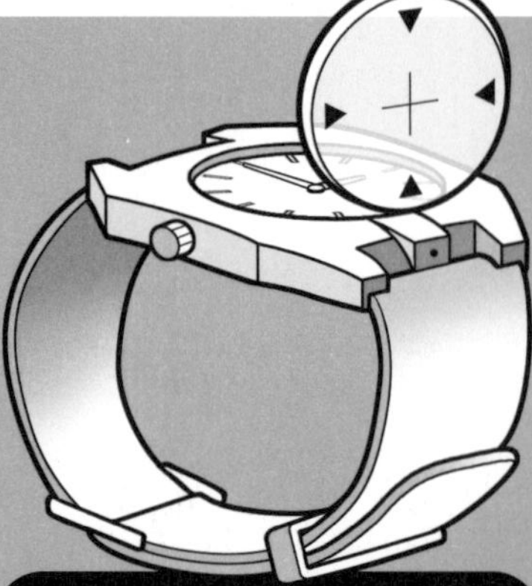

手錶型麻醉槍

按下手錶上的開關，就能射出麻醉針麻醉對方。

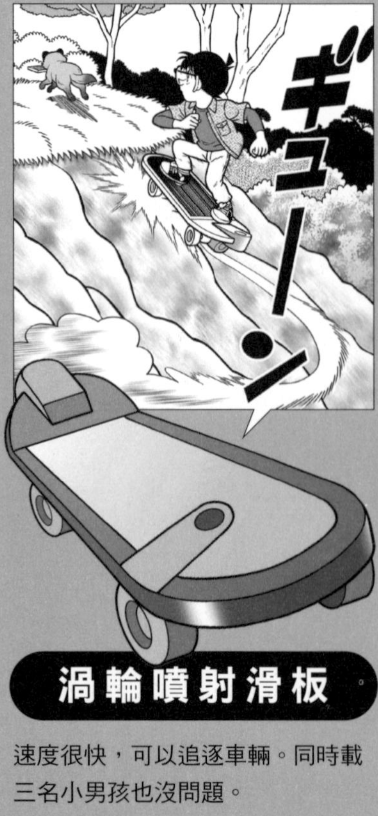

渦輪噴射滑板

速度很快，可以追逐車輛。同時載三名小男孩也沒問題。

故事
5
你聽
寶塔蛉聲聲叫
唧唧唧
唧唧唧
唧鈴唧鈴
秋天的夕陽
照著山裡的楓葉
顏色深淺繽紛
在眾多樹葉中
姊姊揹著我
看到
夕陽晚霞中的
紅蜻蜓

緊張刺激的校慶活動

今天是帝丹小學校慶。每一個班級都要上台表演才藝，無論是戲劇、合唱或舞蹈表演都可以。柯南的班上決定表演合唱曲，他們準備演唱知名童謠《楓葉》、《蟲鳴聲》與《紅蜻蜓》等三首歌曲。

步美將手放在胸口說：「我好緊張喔！」

小林老師溫柔的安慰她：

「像練習時那樣唱就可以了。」

小哀向小林老師建議：

「上場前如果一直待著不動，到時候反而會緊張，不如我們再練習一次吧？」

謎題 1

右圖中三人手裡拿著的歌詞分別代表什麼曲子？用線連起兩個點。

答案請參閱第 124 頁

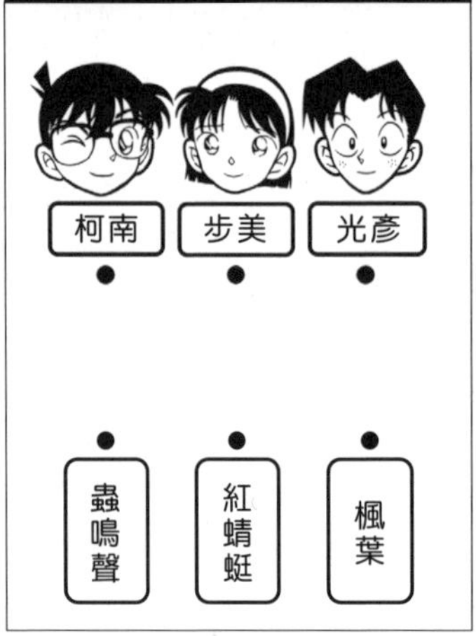

「說的也是，這個點子好。」小林老師坐在鋼琴前，對擔任指揮的川村同學說：「川村同學，麻煩你了。」

川村同學站在所有人面前，準備揮動雙手指揮。就在這個時候，川村同學看著自己的手驚慌大叫：「啊，糟了！我將指揮棒忘在教室裡了，我回去拿。」川村同學慌張的跑出音樂教室。

光彥笑著說：「沒想到平時沉穩的川村同學也會緊張呢！」

可是，大家等了好久都不見川村同學回來，小林老師不禁開始擔心了起來。

「不知道川村同學發生了什麼事？」老師擔心的問。

柯南說：「我們去看看吧！」

柯南和小哀他們一起去教室找川村同學。教室裡川村同學的桌子四周十分凌亂，看來川村同學已經找過這一區了。

謎題 2

比較上下兩張圖，共有 5 個不同之處，大家來找碴吧！

答案請參閱第 124 頁

柯南回想早上遇到川村同學的情景。「川村同學總是把指揮棒插在書包裡，不過，今天早上書包裡沒有指揮棒……」

步美驚訝的問：「難道川村同學跑回家拿了嗎？」

「不，他翻遍了書包和書桌，從這一點來看，他出家門時一定帶著指揮棒。」

小哀不解的問：「那麼，是上學途中掉的囉？插在書包裡的指揮棒為什麼會掉出來呢？」

「我猜川村同學在上學途中一定發生了什麼事，而且他想起了這件事，所以跑出去找了。」

「我想起來了，今天早上川村同學在校門口幫助了一位跌倒的小女孩。」光彥想起早上發生的事。

柯南一聽立刻說：「他一定是去那裡了！元太、光彥，我們去校門口找川村同學。」說完便往外跑。

他們跑到校門口時，看到川村同學仍然拚命的找指揮棒。元太率先出聲：「喂，川村同學，快要輪到我們上場了。」

川村同學慌張的回答：「我知道，可是我找不到指揮棒……」

小林老師從後方趕了過來，他說：「那也沒辦法，就用學校的指揮棒吧！」

「可是……」川村同學不甘心的說：「那根指揮棒是我爸爸特地為了今天的表演買的……」

川村同學懊悔的緊咬

著嘴唇。這個時候，一名小女孩從對面跑了過來。「大哥哥。」

「你是早上的那個小女孩。」

小女孩手上拿著指揮棒，對川村同學說：「大哥哥，你早上掉了這個。」小女孩將指揮棒拿給川村同學。

「謝謝你，我找了好久，你幫了我一個大忙！」川村同學開心的拿回指揮棒。

班上同學都在等著柯南他們，只見他們上氣不接下氣的跑回來。

「太好了，剛好趕上！」

所有人手握著手開心的笑著。此時剛好輪到他們上場，於是所有人排好隊伍，走上舞台，就定位後準備演出。

演唱前小林老師鼓舞大家：「準備開始囉，要像平常練習的那樣大聲唱出來喔！」

布幕打開，歸還指揮棒的小女孩也坐在觀眾席裡。川村同學揮動著指揮棒，柯南班上同學張開嘴，從腹部發聲用力的唱著歌。

「秋天的夕陽，照著山裡的楓葉……」同學們合唱的歌聲優美和諧，迴盪在偌大的體育館裡。表演結束後，響起熱烈的掌聲。校慶活動經歷了緊張刺激的事件後，在完美的演出中順利落幕。

遺失物品大騷動

這裡是「紅葉公園」，又到了楓紅處處的季節。帝丹小學今天在公園裡舉辦寫生比賽，同學們各自坐在自己喜歡的公園角落，在染上了紅色和黃色的楓樹圍繞下畫畫。

柯南一行人選擇在水鳥戲水的池邊作畫。

步美和小哀正在用鉛筆畫草稿，光彥與柯南則將顏料擠在水彩盤上，慢慢的上色。

元太在鼻子下方畫上一道黑色水彩，以搞笑的聲音模仿著：

「喲，小鬼頭們，有沒有認真畫畫啊？在下是毛利偵探！」

「哈哈哈，一點都不像！」

柯南一臉拿他沒轍的樣子。

光彥則笑著說：「元太，如果到時候來不及畫完，我可不管你喔！」

就在這個時候，三名男同學向他們跑了過來。小原同學氣喘吁吁的說：「請你們幫幫忙，我不知道現在幾點了！」

元太想也不想就立刻回答：「噴水池旁邊不是有時鐘嗎？」

「我是指我弄丟手錶了啦！我為了怕錯過集合時間，特地向哥哥借了他的手錶。我原本把手錶放在褲子口袋裡，可是現在不見了。」

小原接著說：「我掉的是金屬製的手錶，錶面很大。我清楚記得

謎題 1

小原他們從入口到廣場都走遍了，怎麼走才能在不重複路線的狀況下走完全部的地方？請依序在〇中填入數字。

答案請參閱第 124 頁

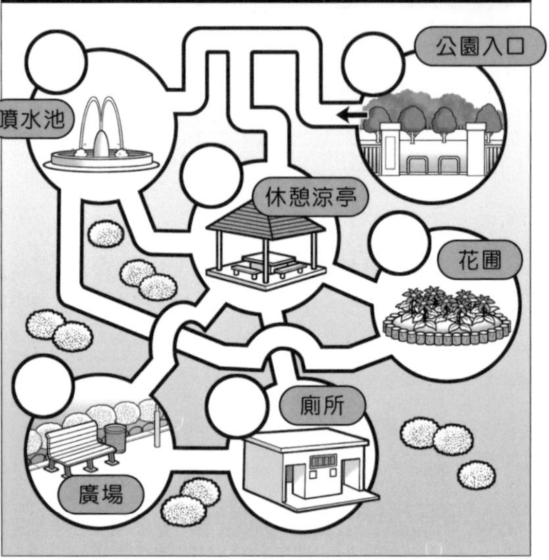

剛剛在公園入口處時，手錶還在……」

「這麼說，你的手錶一定掉在公園裡。我們大家一起找吧！」少年偵探團立刻出動。他們按照小原走過的路線，從入口處一路找到廣場。可是，還是沒看見手錶的蹤影。

此時小川驚呼：「對了，小原，我記得你上廁所時為了避免手錶掉出來，還將手錶從褲子口袋拿出來，放在另一個口袋裡。」

※喀噠

「……如果是這樣的話，手錶可能掉落的地點只有兩個。可以再好好想一想，鎖定其中一個地點。」

光彥一邊動腦一邊分析：「根據小川的說法，上廁所前手錶還在，所以手錶可能掉在廁所或廣場，這兩個地方的其中之一。」柯南也認同光彥的推理。

步美走上前說：「我知道了，手錶掉在廁所裡。小原將手錶拿出來時，不小心掉了。」

「這個答案很可惜，手錶不是掉在廁所裡。」柯南向大家解釋原因。

「原因就是小原的手錶是金屬製的大

謎題 2

請以上一頁小川的說法為參考依據，從「謎題 1」的六個地點推理出手錶究竟掉在什麼地方？

答案請參閱第 125 頁

手錶，要是掉在廁所地上，一定會發出聲音，小原不可能沒聽見。」

「原來如此，也就是說，手錶一定是掉在廣場囉！」光彥接受了柯南的說法。

小哀環顧廣場，說出自己的看法：「野餐墊附近沒看到手錶，看來我們得找遍整個廣場了。」

元太哀嚎的說：「範圍這麼大，全部都要找嗎？」

光彥拍了拍元太的肩膀說：「那也沒辦法啊，我們一起加油吧！」

「唉……」

所有人蹲下來從滿地的落葉中尋找手錶的蹤影。柯南看到大家的動作，突然發現一件事。他對小原他們三個人說：「你們可以像之前寫生時那樣坐下來嗎？」

「可以啊，我想想……我們是這麼坐的。」

小原他們將包包放在自己的左邊並坐下來。

「原來如此，小原在正中間，小原的右邊是小川，左邊是中村。」柯南又問小原：「你的手錶放在右邊口袋還是左邊口袋？」

「放在右邊口袋。」

「這樣啊，那麼請右邊的小川看一下你的包包。」

※撲通

小川探頭看了一下包包裡面，忍不住大聲叫了出來：「怎麼會這樣？手錶竟然在我的包包裡，這是怎麼一回事？」

「其實事情很簡單，小原在畫畫時忽站忽坐，手錶在這個過程中從口袋掉了出來，剛好掉進小川的包包裡。」

「原來是這麼一回事啊！我完全沒想到手錶會在包包裡，謝謝你們的幫忙。」小原開心的說。

「事情總算順利落幕了，我們繼續寫生吧！」

謎題 3
元太手中的筆掉在哪裡了呢？請從上圖中尋找。
答案請參閱第 125 頁

小哀走回池邊，此時元太突然大叫：「奇怪？不見了，不見了！這次換我的筆不見了！」接著又說：「拜託你們，幫我找找看！」

元太雙手合十的拜託柯南和其他人，一起幫他找畫筆。過了一會兒，小原找到了元太的畫筆。「我找到了，筆在這裡。」

光彥嘆了一口氣說：「今天還真會掉東西啊！」

柯南說：「我們還掉了一個東西。」

「是嗎？什麼東西？」

「畫畫的時間。」柯南話還沒說完，就聽見小林老師的聲音。

「各位同學，都畫好了嗎？還剩三十分鐘喔！」

「哇，來不及了，快點畫啊！」柯南他們手忙腳亂的往池邊跑去。

故事 7

別讓基德偷走寶石

這裡是杯戶町的城市飯店。此處正在舉辦「寶石展」，展示當今全世界最美麗的寶石。怪盜基德寄來了一封預告信，柯南與毛利偵探接到通知立刻趕到會場。

「謝謝你這麼快就來了，事不宜遲，你先看看這個。」

中森警部迫不及待切入主題，拿出基德寄來的預告信。

「這封預告信裡都是暗號，不知該怎麼解讀……」

「我知道了，這交給我來辦吧！」毛利偵探拍胸脯保證。

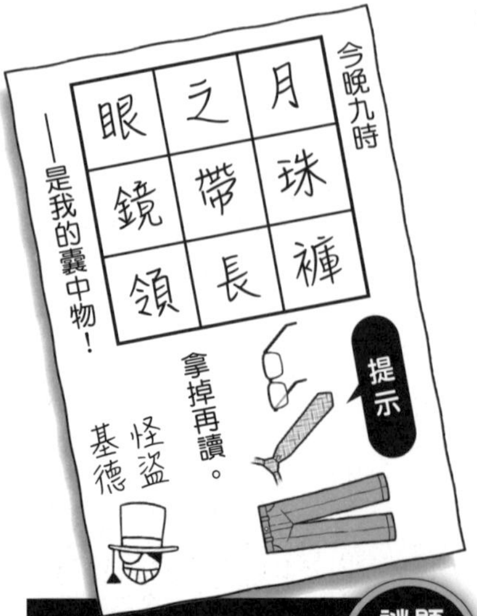

謎題 1

這是怪盜基德的預告信，請參照提示解開暗號！

答案請參閱第 125 頁

「我先看看啊，提示是『拿掉眼鏡、領帶與長褲再讀』，總之，先照信中的意思做吧！」毛利偵探環顧四週，看見一位戴著圓框眼鏡的年輕警官，把他叫了過來。「你現在就拿下眼鏡，脫下領帶與長褲，再讀這封信給我聽聽看。」

「什麼？在這裡脫掉褲子嗎？」年輕警官很猶豫，不知該怎麼辦才好。

「沒錯，按照提示做再讀暗號，就能解開暗號了。快脫！」

「是，遵命。」

年輕警官拿下眼鏡，脫下領帶與長褲，開始讀暗號。可是，這麼做還是無法解讀暗號的意思。

柯南對毛利偵探說：「叔叔，你仔細看一下眼鏡和領帶的圖，刻意畫成有角度的方向，圖的方向一定也是提示之一。」接著柯南又說：「眼鏡是直的，所以拿掉直向的『眼鏡』；領帶是斜的，所以拿掉斜向的『領帶』；長褲是橫的，拿掉橫向的『長褲』。讀出剩下的文字……答案就是『月之珠』！」

柯南就這樣一步步解開了暗號。

警方在展示「月之珠」寶石的房間中布下重重戒備。

中森警部氣勢十足的表示：「出入口只有這扇門，而且展示櫃裡還有感應器，只要偵測到櫃子被打開，就會有網子從上面撒下來抓住嫌犯。我一定會抓住怪盜基德那個傢伙！」

終於到了怪盜基德預告的晚上九點。

毛利偵探宣告：「預告的時間已經過了，這裡戒備森嚴，就算怪盜基德再怎麼厲害也無計可施。」

就在此時，一直站在展示櫃前戒備，

戴著圓框眼鏡的年輕警官突然回頭大叫：「啊！月之珠……不見了！」展示櫃裡空空如也。

「可惡，我們被耍了！他到底是怎麼把寶石偷走的？」中森警部既生氣又羞愧的說。

戴著圓框眼鏡的年輕警官說：「警部，調查一下展示櫃說不定能找到什麼線索。」

「有道理，來人，關掉感應器。」撒網感應器關掉後，戴著圓框眼鏡的年輕警官打開展示櫃。櫃子裡躺著一顆碩大的寶石。

「是月之珠，沒被偷走，真是太好了。」中森警部看起來十分的開心。

謎題 2

以下①～④，哪一個是撒網陷阱感應器的開關？

答案請參閱第 125 頁

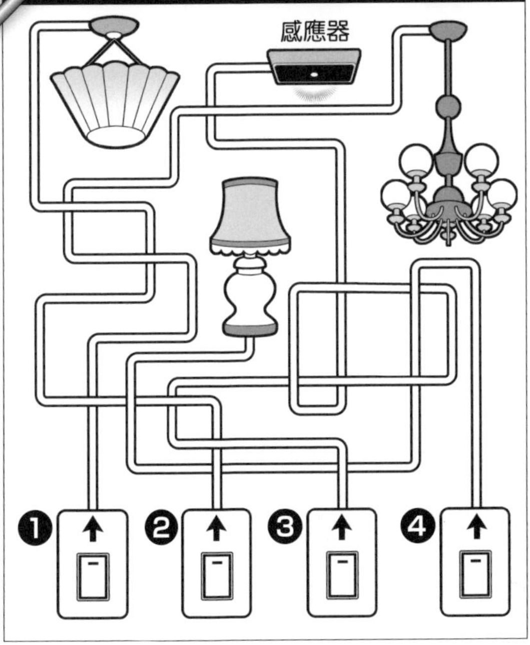

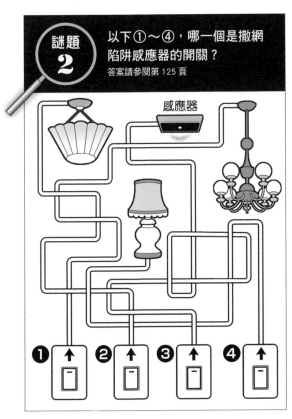

沒想到，那位戴著圓框眼鏡的年輕警官竟然小心翼翼的拿起寶石，丟出煙霧彈並說：「謝謝承讓，這月之珠我收下了。」

煙霧散開後，出現了怪盜基德的身影。中森警部驚訝的說：「你！沒想到你竟然是基德假扮的！來人，快把他抓起來！」所有警察一擁而上，基德輕鬆躲過警察的追捕，跳上屋頂順利逃走。

「戴著圓框眼鏡的大哥哥，我等你好久了。」柯南在屋頂上守株待兔。

「你從一開始就知道我是基德了吧？」

「是啊，你看起來胖胖的，脫掉褲子後，雙腿卻那麼細，我一看就知道你是偽裝的。」

「真不愧是名偵探。那麼，我又是如何偷取寶石的呢？」

「你先在展示櫃外貼上一片不透明的板子，塑造出寶石不見的假象，讓中森警部關掉感應器。」

「答對了。那麼，再會了！」

說時遲，那時快，怪盜基德展開滑翔翼，一溜煙的飛入夜空中。「我不會讓你就這麼逃掉，基德！把寶石還來！」柯南以「增強踢力球鞋」踢出足球。足球擦過基德的手，基德放開了寶石，柯南於是順利奪回寶石。

「柯南，你立了大功啊！」毛利偵探稱讚柯南。基德就這樣消失在夜空裡。中森警部宣示：「下次我一定要抓到你！」柯南也對著夜空發誓：「沒錯，我一定會抓到你。」

故事 8

消失的水仙花

二月的某一天，步美帶了一盆花到學校來。黃色花苞在細長葉片中搖曳著，十分可愛。

光彥探頭看著花盆，問步美：「哇，這是什麼花啊？」

步美回答：「這是水仙花。因為快開花了，想讓大家看看，才帶來學校。」

說完他將盆栽放在陽光充足的窗邊。

「好了，大家一起照顧它吧！」

柯南和步美他們每天為盆栽澆水，期待花開的那一天。日子一天天過去，花苞越長越大，就在即將開花的那一天早上，柯南一行人上學時卻發現……

盆栽不見了！柯南他們立刻分頭去找，卻一直找不到。

步美眼眶含淚的說：「到底跑去哪裡了？好想看它開出漂亮的花朵，怎麼會這樣……」

柯南向班上同學詢問昨天放學的情形。「你們知道昨天誰是最後一個離開教室的嗎？」

「應該是高橋、平田和川島同學。」

於是當天放學後，柯南一行

謎題 1

找出說謊的人！

答案請參閱第 125 頁

以下 3 位同學都交代了自己放學後的行蹤，其中有一人說謊，請各位善用推理能力，找出說謊的人吧！

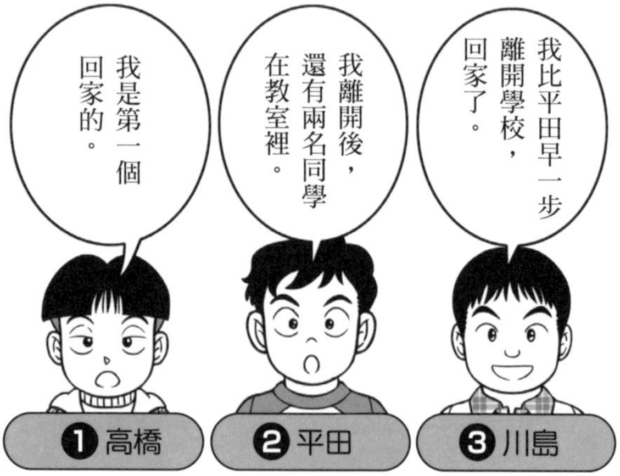
我比平田早一步離開學校，回家了。
我離開後，還有兩名同學在教室裡。
我是第一個回家的。
❶高橋
❷平田
❸川島

人找高橋他們詢問昨天的狀況。「昨天最後一個離開教室的人是你，對吧？」柯南一眼就拆穿平田的謊言。

平田一臉愧疚，垂頭喪氣的說：「唉，被拆穿了！不過，我不知道水仙花的事情。」

光彥進一步逼問：「一句不知道就想撇清嗎？你既然說謊，就代表你有事瞞著大家。」

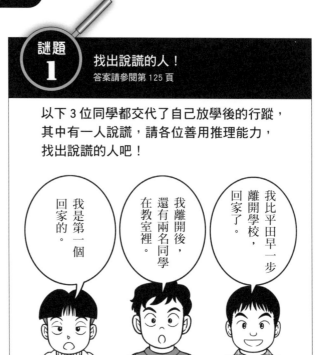

元太也跟著說：「沒錯，你把花拿去哪裡了？」

「嗯，我想想……那盆水仙花……」平田想要蒙混過去，最後提出玩井字遊戲的提議，走向黑板。

「總共比三場，三戰兩勝，如何？」平田拿起粉筆，故意挑釁少年偵探團。

這樣吧！
跟我玩井字遊戲，
如果你們
少年偵探團贏我，
我就告訴你實話。

【井字遊戲的玩法】

先畫兩條橫線，再畫兩條直線，形成一個井字。玩家決定先攻與後攻，在井字的九格中，輪流畫上〇與×，最先以橫、直或斜連成一線的人勝出。

「沒問題，我們接受挑戰！」元太率先跳出來接第一棒，可惜元太輸了。

第二棒是小哀，善用計謀，贏了第二戰。

「太棒了，現在一比一戰成平手！下一戰決勝負。」為了求勝，最後一棒由柯南接手。

謎題 2 必勝！井字遊戲

答案請參閱第 125 頁

柯南以「○」先攻，接著平田同學在他旁邊的格子畫「×」。請問下一步柯南若在❶、❷、❸的哪一格畫「○」就一定會贏？

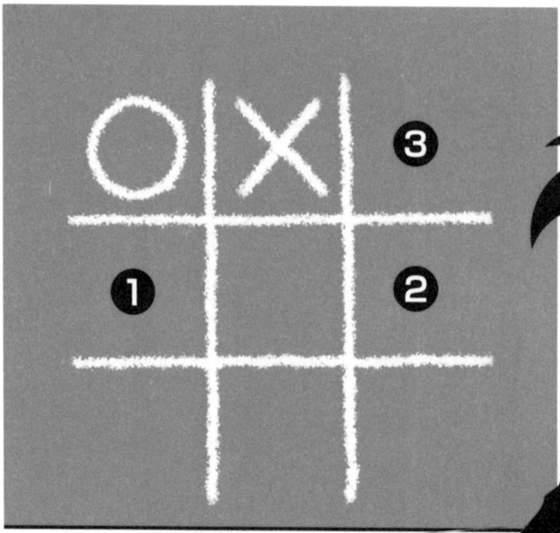

謎題 3　解開地圖之謎！

答案請參閱第 125 頁

水仙花所在的公園是哪一個？請參考路線圖和地圖記號，沿路找出正確的地點。

路線圖

❶ 從學校朝市公所前進。
❷ 在派出所轉彎。
❸ 經過郵局前。
❹ 過橋。
❺ 在神社的轉角拐彎。
❻ 經過醫院前。
❼ 過橋。
❽ 抵達道路盡頭的公園。

地圖記號

學校…文　郵局…〒
醫院…✚　市公所…◎
橋…)(　派出所…X
神社…⛩

最後由柯南獲得勝利。

「結果出爐了，請你遵守約定，告訴我們水仙花的去向。你到底把花拿到哪裡去了？」光彥強勢的逼問平田。

「知道了，水仙花在公園裡。」平田

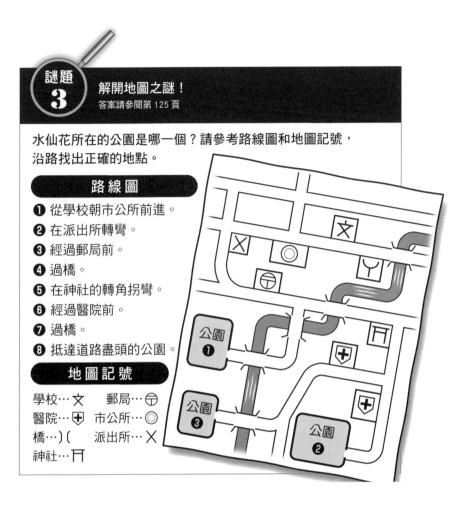

拿出一張地圖。少年偵探團按照地圖上的指示跑到公園，卻沒看到水仙花盆栽。反而看到公園裡的花圃，種了黃色水仙花。

「這難道是……」步美走近花圃查看。

「對不起，我把你的水仙花種在這裡了。」平田低著頭將空盆栽交給步美，表達歉意。

「這裡本來就種了水仙花，可是昨天有個小女孩跌倒，不小心壓倒了花……」

平田緊咬著嘴唇。「我想到教室裡有一盆水仙花，才拿來替換被壓倒的花，種在這裡。我真的很抱歉！」平田真誠的道歉。

就在此時，平田的奶奶從遠處慢慢的走了過來。

哎喲！水仙花開了呢！
咦？奶奶！

他是平田的奶奶嗎？
是。
好漂亮啊！你們都是來賞花的嗎？
嗯，是啊。

平田奶奶在旁邊的長椅坐了下來。
嘿咻！

「水仙花是宣告春天來臨的花，在雪地裡萌芽，長得又細又長，開出美麗的花朵。」平田奶奶眼中發出光彩，望著水仙花。

小哀說：「平田奶奶，您很喜歡水仙花吧？」

「是啊，我最喜歡水仙花了。每次看到水仙花，就覺得『春天到了』，感覺人生充滿了希望。」

平田快步跑到奶奶跟前，對奶奶說：「奶奶，你快要動手術了，要加油喔！」

平田奶奶開心的笑著。「謝謝你，我看到水仙花，心中充滿了勇氣。」

「原來是這樣啊！平田，你是為了奶奶才將水仙花種在這裡的，對吧？」步美小聲的問平田。

「對。可是，擅自將步美的水仙花種在公園裡，真的對不起。」

「沒關係啦！不管水仙花在哪裡開，我都覺得很開心。再說，種在公園裡，我隨時都能來賞花。」步美面帶笑容的看著平田。

元太戳了一下平田，對他說：「我們再來玩井字遊戲吧！」

「元太，你剛剛輸給平田，現在想要復仇嗎？」光彥竊竊的笑了起來。

「才不是呢！我是覺得井字遊戲很好玩。」元太生氣的模樣逗得眾人哈哈大笑。在他們身後的水仙花隨風搖曳，就像燦爛的笑容令人難忘。

追查謎樣暗號！

天氣穩定的某個冬日，柯南、元太和光彥在廣場踢足球玩耍，突然有一個白色物體飛了進來。

元太停下腳步說：「是紙飛機耶！」

紙飛機穿過三人中間，輕飄飄的掉落在地面。

「這是誰的紙飛機啊？」

光彥將紙飛機撿起來，看向紙飛機飛過來的方向。可是，沒有看到任何人。

這只紙飛機是用筆記本撕下來的紙張摺成的。

「咦？裡面好像寫了什麼東西。」

柯南輕輕的打開紙飛機，裡面寫著意味不明的文字。

謎題 1

請參考柯南說的話，解開暗號。

答案請參閱第 126 頁

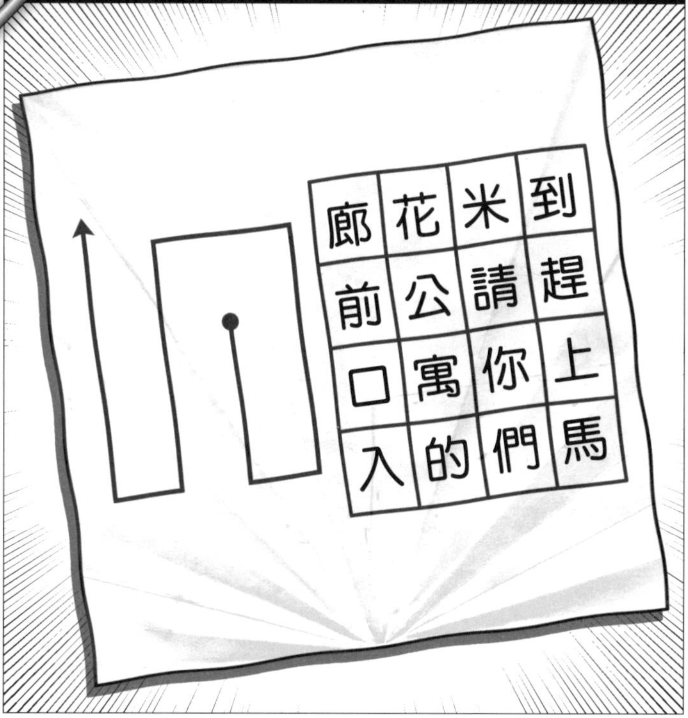

「什麼啊！這根本是亂寫一通嘛！」元太看了之後，覺得無趣。

「不對，這是暗號。」柯南盯著紙張看得入神。

「你們看，旁邊有一個奇怪的箭頭圖案，這應該是提示。」

「箭頭圖案對應的第一個字是『請』。」柯南他們順著箭頭的方向閱讀文字。

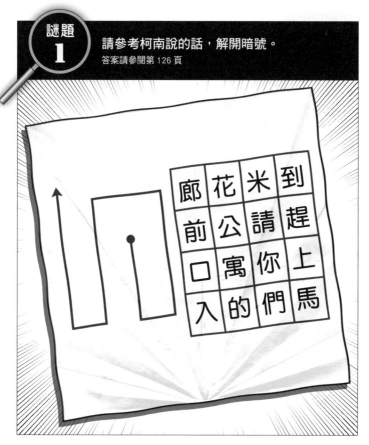

「我知道了！暗號的文字是『請你們馬上趕到米花公寓的入口前廊』！」

柯南將寫著暗號的紙張再次摺成紙飛機，對元太和光彥說：「我不知道這段文字是誰寫的，但可以肯定的是，這個暗號是給我們的訊息。雖然不知道發生了什麼事，不過，我們去米花公寓看看吧！」

元太和光彥同意柯南的意見，於是三個人一起前往米花公寓。

三人來到了米花公寓。

光彥看了看四周說：「這裡沒有人耶……」

元太發現公寓玄關引道的角落，放了一個小布偶。

「這裡有一個狸貓布偶，為什麼會放在這裡呢？」

仔細一看，布偶下面有一張摺起來的紙。柯南將紙打開來看。

「這是第二個暗號。」

「好，那就來解開暗號吧！」元太探出頭來閱讀暗號。

「可是，這次的暗號沒有提示耶！」光彥看了看紙張，不知如何是好。

「我猜提示應該就是這個。」柯南將地上的布偶拿起來。

「什麼？這隻布偶是提示？」

謎題 2

解讀第二個暗號，提示是略過「ㄌㄧˊ ㄇㄠ」。

答案請參閱第 126 頁

「我懂了，『狸貓』暗示的是『把狸貓拿掉』，所以要先把有狸貓的注音字拿掉再閱讀文字。」

「解開了！暗號的解答是『請移駕到米花公園的飲水機』！」三人跑到米花公園。

光彥失望的說：「這裡還是沒人……」

元太前後檢查了一下飲水機。「咦？飲水機背

謎題 3

參考「上下顛倒」的提示，解開暗號吧！

答案請參閱第 126 頁

面貼著一張紙！」三人擠在紙的前面端詳。

「好奇怪喔，這張紙上下顛倒了。」

「而且到處都找不到解開暗號的提示。」元太和光彥說話時還歪著頭看那張紙。

柯南對他們說：「『上下顛倒』……這應該就是解開暗號的提示了。」

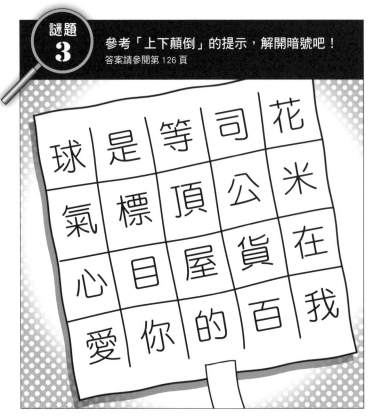

「也就是說，反著讀就對了。答案是『我在米花百貨公司的屋頂等你目標是愛心氣球』！」於是三人又跑到百貨公司的屋頂。

「啊！那裡就是目標。」只見愛心氣球隨風飄動，而且步美和小哀就是拿著氣球的人。

「難道這些暗號是你們寫的？」

「是啊，謝謝你們來。」步美和小哀好像有什麼企圖似的笑著，他們眨了眨眼，一起說出：「情人節快樂！」

他們手上拿著三個綁著蝴蝶結的盒子。

「我們想了一個特別的方式送巧克力給你們，這樣才符合少年偵探團

的身分啊！」

「原來如此，這個方法確實很有趣。」柯南、元太和光彥都拿到了巧克力。

「話說回來……」小哀突然露出擔心的神情，對柯南說：「你們在路上有沒有遇到小蘭姊姊？」

「小蘭？沒有，沒遇到。」

「其實我們請了小蘭姊姊幫忙，也一起來了百貨公司。可是她射完紙飛機後就沒回來了。」

「什麼？該不會發生什麼事了吧？」大家擔心了起來。

未完待續

故事 10

尋找消失的小蘭姊姊！

消失的小蘭到底去哪裡了？

●●●●

「不知道小蘭姊姊發生什麼事了……」步美擔心的以快哭了的聲音說著。

元太脫口說：「她會不會突然有急事先回家了呢？」

柯南搖搖頭說：「不可能。小蘭姊姊不可能把我們丟在百貨公司，不打聲招呼就一個人回家。一定發生什麼事了。」

柯南問步美和小哀：「你們把今天發生的事情，從頭到尾敘述給我聽。」

於是小哀從今天早上開始說起。

「我們和小蘭姊姊約在米花公園見面，三個人一起去飲水機貼暗號紙。」

柯南問：「在公園時有沒有遇到什麼奇怪的事？」

「有一個小女孩獨自在盪鞦韆。」步美接著說：「後來我們到米花公寓，去放暗號紙和布偶。」

「有沒有什麼奇怪的事情發生？」

「什麼事也沒發生，對吧，小哀？」

小哀點點頭，接著說：「後來，我們三個人一起到百貨公司的屋頂。小蘭姊姊說她要去射寫了暗號的紙飛機給你們，要我們在這裡等，於是她一個人跑到廣場去了。那是我們最後一次見到她，直到現在她

都還沒回來。」

光彥從口袋裡拿出紙飛機對眾人說：「紙飛機飛到我們身邊，所以小蘭姊姊確實去過廣場。」

柯南仔細思考後說「以小蘭姊姊的個性來說，她射完紙飛機後，應該會跟在我們後面，確認我們有沒有解開暗號。」

「意思就是說，小蘭姊姊應該是在我們走過的某段路途中，失去蹤影的？」

謎題 1

仔細閱讀上方文章中小哀和步美說的話，從①～④排列出小蘭正確的行動順序。

答案請參閱第 126 頁

「好，我們回到起點，重新走一次看看！」

柯南一行人立刻離開百貨公司，往廣場跑去。大家努力尋找小蘭的下落，可惜在廣場上找不到任何線索。接著他們又去了米花公寓，依舊沒有任何收穫。後來他們跑到米花公園。

柯南對大家說：「草叢後面也要仔細搜索。」

不一會兒，步美在鞦韆後方的草叢大叫：

「大家快過來，這裡掉了一條手帕！」

柯南將手帕撿起來後發現，「這是小蘭的手帕。」打開一看，手帕上沾了紅色血跡……

「有血！」

所有人的臉上都出現害怕和擔憂的表情，大家都非常擔心小蘭的安危。

柯南對大家說：「總之，我們必須趕快找到小蘭姊姊！」

「可是，我們該怎麼找呢？」光彥環顧四周，範圍實在太大了。

柯南說：「說不定有人看到小蘭姊姊去哪裡，我們分頭去找目擊者。」

「沒錯，打聽消息是第一步！」

少年偵探團立刻分頭打聽消息。打聽的結果，有四個人曾經看到小蘭。柯南他們聽了那四個人的說法，並按照他們的說法來到某棟建築物前。

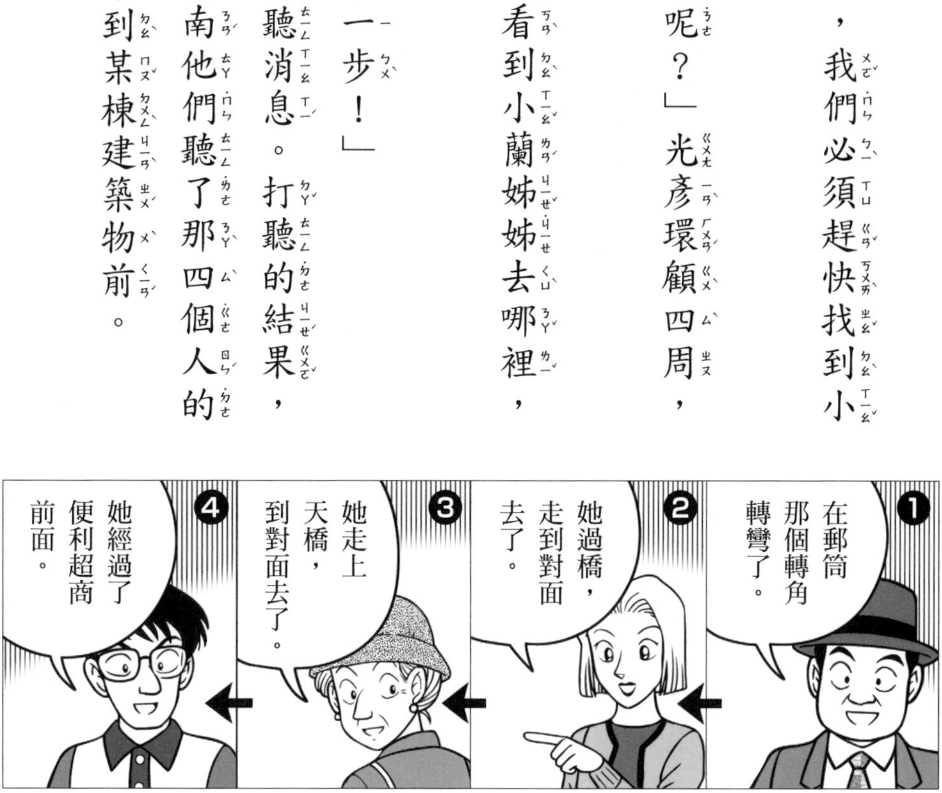
1
在郵筒那個轉角轉彎了。
2
她過橋，走到對面去了。
3
她走上天橋，到對面去了。
4
她經過了便利超商前面。

小哀抬頭看著那棟建築物說：「小蘭姊姊應該在這裡。」

光彥難以置信的提問：「可是，小蘭姊姊為什麼會來這裡呢？」

就在此時，門突然開了，有一個人從門後走了出來。

謎題 2

請按照右方頁面中 4 個人的證詞前進，小蘭到底去了以下 3 個建築物的哪一個？※ 不能重複曾經走過的路。

答案請參閱第 126 頁

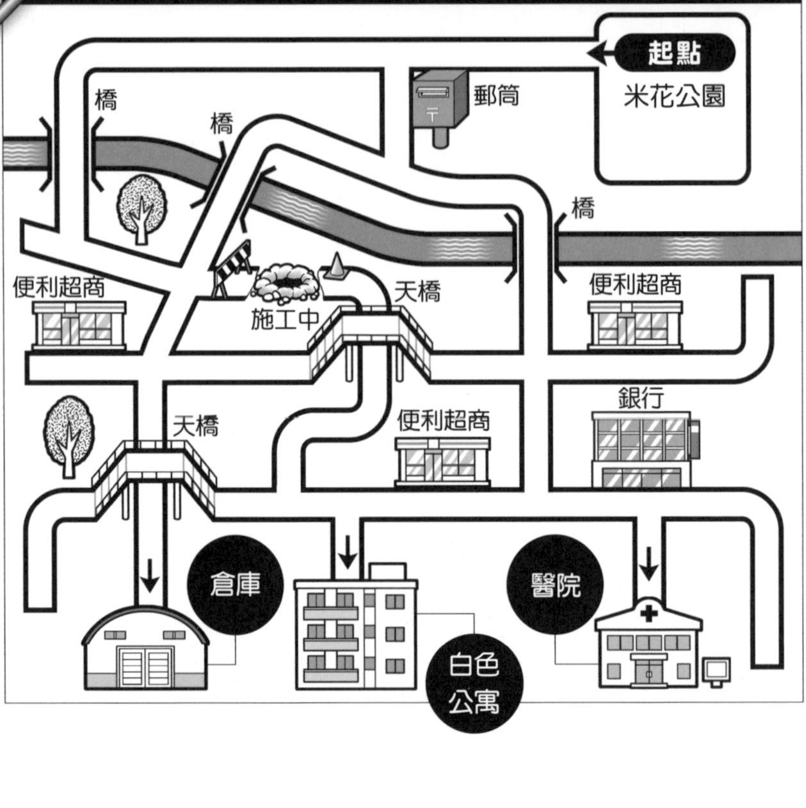
起點
米花公園
郵筒
橋
橋
橋
便利超商
便利超商
施工中
天橋
便利超商
銀行
天橋
倉庫
白色
公寓
醫院

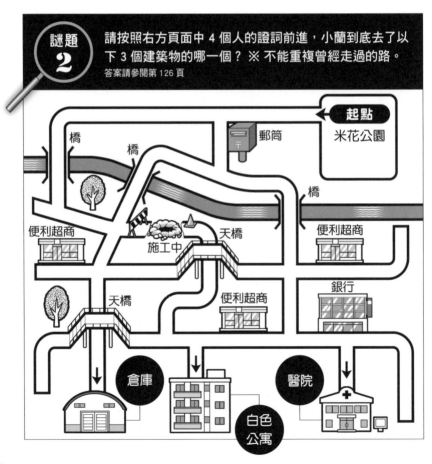

走出來的人就是小蘭。

「咦？你們怎麼都在這裡？」

柯南等人看到小蘭後紛紛鬆了一口氣，圍在小蘭身邊。

「原來如此，你們是看我一直沒回去，所以來找我的啊！真是對不起，讓你們擔心了。」小蘭向大家道歉。

元太不解的問：「話說回來，小蘭姊姊為什麼會在這裡呢？」

「事情是這樣的，有一個在公園玩的小女孩，從鞦韆上摔下來受傷了，我送他回家。」

「什麼啊，原來是這麼一回事啊！」

「這樣手帕上的血跡也說得通了。」大家都放心了。

「好吧，我們回去百貨公司喝飲料吧！你們東奔西跑的，一定很渴了吧？」

「贊成、贊成！」

少年偵探團異口同聲的大聲附和。

故事 11

我們是少年偵探團！

今天所有人都到柯南家參加研習會，大家一起腦力激盪，希望提升自己的推理能力。

柯南問：「你們都想到題目來問大家了嗎？」

光彥說：「當然，我們輪流出題考大家，一起提升腦力吧！」

步美立刻舉手，取得搶先出題的機會。

「那就先從我開始吧！偵探不能死腦筋，要懂得應變，所以我想了幾個腦筋急轉彎來考大家。」

謎題 1　腦筋急轉彎

答案請參閱第 127 頁

① 踩越大力就會越高的遊戲器材是什麼？

② 狗、貓、兔子可以，獅子、長頸鹿卻不行的是什麼？

③ 人比人氣死人，那蛋糕比蛋糕呢？

「我知道，1的答案是鞦韆。」

「2是寵物。」

「3是起司蛋糕。」元太、光彥與小哀，依序答出了正確答案。

「答對了！」

「唉，我也好想吃起司蛋糕喔！」元太想到都流口水了。大家看他這個樣子，都笑了出來。

光彥拿出棉花棒說：「那接下來由我出題。我的問題與數字和圖形有關。各位的頭腦要靈活一點，從各種方向去思考問題喔！」

接著是小哀。「我出的題目是這個，大家要仔細看完題目再回答喔！」

謎題 2　棉花棒

答案請參閱第 127 頁

① 移動 1 支棉花棒，形成正確的算式。

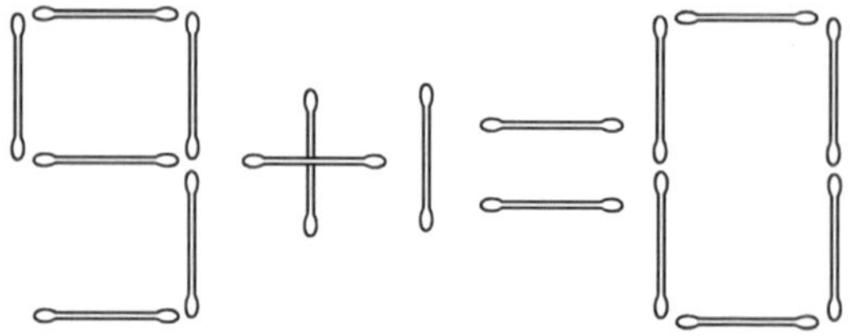

② 這裡有 5 個正方形，移動 2 支棉花棒，做出 4 個正方形。

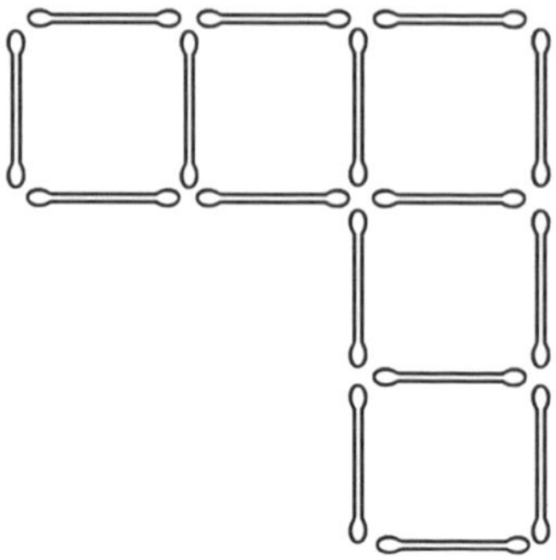

謎題 3　花束

答案請參閱第 127 頁

少年偵探團送花給小蘭，女生共送 2 束，男生共送 3 束，請問全部和在一起共有幾束花？

光彥用棉花棒，在桌上排出了算式與圖案。

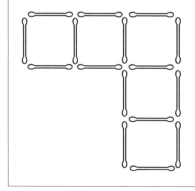

元太折手指計算花束數量。

「這題也太簡單了吧？總共五束花啊！」

元太才剛說完，光彥立刻就發現錯誤並說出正確答案。「等一下，題目寫著全部和在一起，所以答案應該是一大束花。」

「什麼啊？我被騙了。」

小哀笑著說：「呵呵呵，偵探就是要觀察入微，不放過任何一個細節喔！」

「好了，下一題由我出。」

元太從籃子裡拿出四顆橘子提問。

謎題 4　橘子

答案請參閱第 127 頁

這裡有 4 顆橘子，要平均分配給 5 個人，請問要怎麼分才公平？

「一定要均分，每一份都要一樣喔！」

「嗯，這題好難喔。」小哀遇到難題，陷入思考。元太得意的笑著。

「我知道了！打成果汁就可以均分了。」

「答對了！不過，我比較喜歡直接吃橘子，還好現在有足夠的橘子可以分。」元太在每個人的面前放了一顆橘子後，開心的剝橘子吃。

「接下來換我了。」最後出題的是柯南，他出的是與數字有關的題目。

謎題 5

停車場

答案請參閱第 127 頁

停車場停了一輛車，你知道它停在幾號停車格嗎？

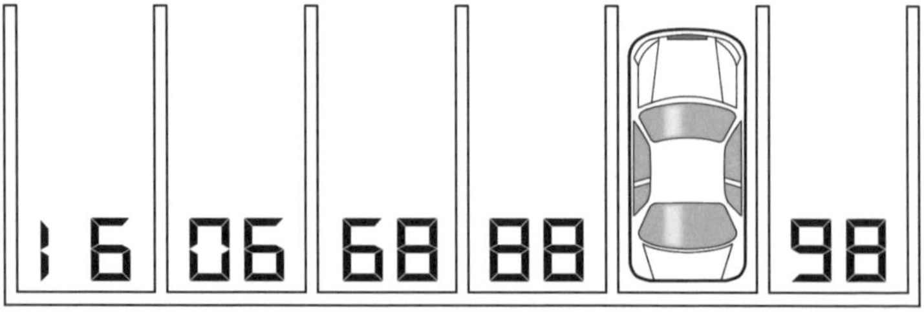

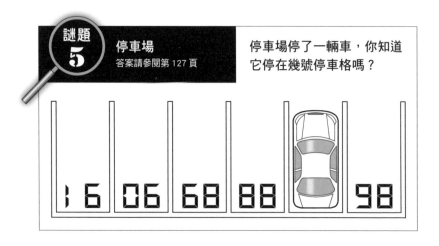

所有人都出完題目了。

步美開心的說：「雖然題目很難，但好有趣喔！」

就在此時，偵探徽章突然響了起來，是阿笠博士呼叫大家。「大家快來救我，我被不明人士綁架了。」

所有人都嚇了一跳，立刻趕往阿笠博士家。只見阿笠博士家裡凌亂不堪。「怎麼會這樣？這該怎麼辦啊？」

所有人都不知道該怎麼辦才好，步美都快哭出來了。

柯南跟大家說：「大家不要慌，這種時候更要冷靜才行。」

「好！」

少年偵探團立刻搜索阿笠博士的家裡。然後他們發現了兩個奇怪的地方。第一個是阿笠博士的鞋子不見了，第二個是阿笠博士的汽車停在庭院後方。

「一個人被綁架的時候，會慢條斯理的穿鞋嗎？而且，為什麼車子停在那個地方？」

少年偵探團開始陷入思考。

「我知道了，博士沒有被綁架，他躲在車子裡。」柯南等人立刻跑到庭院後方。

「太棒了！沒想到你們這麼快就找到我。」

博士從車裡走出來，對大家說：「抱歉對你們撒謊，說我被綁架了，其實我這麼做是為了……」

元太接著說：「我知道，博士是為了教我們『無論何時都要保持冷靜』的道理。」

博士欣慰的說：

「沒錯，就是這樣。你們已經學會冷靜思考，

謹慎行動。你們的表現及格了！那麼，來吃點心吧！今天準備了很多點心，大家盡量吃！」

「好耶！」所有人都很開心。

柯南對大家說：

「我們是少年偵探團！今後大家也還要繼續努力喔！」

柯南的對手

怪盜基德身分揭謎！

怪盜基德是一名擁有天才頭腦的盜賊，他的作案手法就是先寄送預告信，再於指定時間偷走鎖定的珍寶。

擅長變裝易容

基德會假扮成各式各樣的人，潛入現場！

揹著滑翔翼在空中飛翔

身上的披風可瞬間變成滑翔翼，飛入空中成功脫逃。

真實身分是高中生？

據說是為了解開父親逝世的謎團，而化身為怪盜基德？

謎題解答

故事▼1

【第5頁】謎題❶

……9種

【第7頁】謎題❷

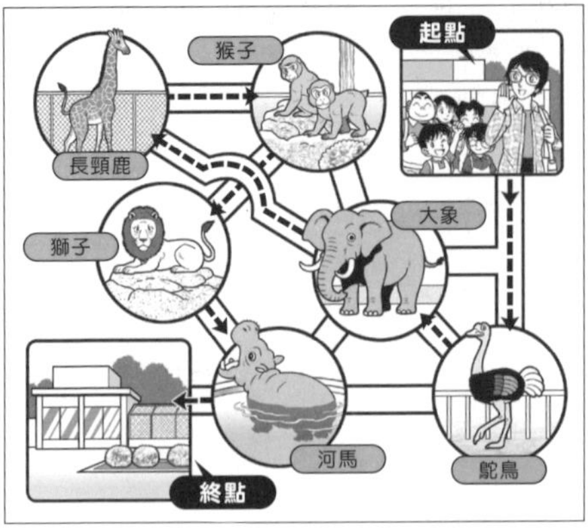

【第8頁】謎題❸

……⑤

故事▼2

【第17頁】謎題❶

……⑩

【第21頁】謎題❷

……空地

故事▼3

【第28頁】謎題❶

6	7	2
1	5	9
8	3	4

【第29頁】謎題❷

……②

【第30頁】謎題❸

E82A5

【第33頁】謎題❹

……②

【第35頁】謎題❺

……③力不從心

【第36頁】謎題❻

……一石二鳥

※從一顆石頭和兩隻鳥的圖案即可得知，比喻做一件事情得到兩種好處。

故事▼4

【第40頁】謎題❶

【第42頁】謎題❷……⑥

【第45頁】謎題❸……③

故事▼5

【第51頁】謎題❶

柯南—紅蜻蜓

步美—紅葉

光彥—蟲鳴聲

【第53頁】謎題❷

故事▼6

【第63頁】謎題❶

【第64頁】謎題❷……廣場

【第68頁】謎題❸

故事▼7

【第71頁】謎題❶

眼
之
月
鏡
帶
珠
領
長
褲

【第76頁】謎題❷……③

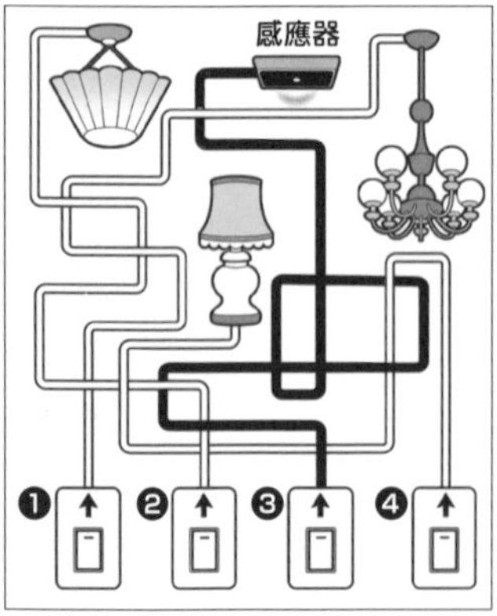
感應器
❶
❷
❸
❹

故事▼8

【第83頁】謎題❶……②

※②與③都主張自己是第一個走的，但1的說詞證實了②說謊。因此，三人離開的順序是③→①→②，說謊的是平田同學。

【第85頁】謎題❷……①

※若先攻的〇先占下四個角落其中之一，而×未占下正中間的格子，〇只要再依序占下可連線的第二格就能獲勝。

【第85頁】謎題❸

文
公園
❶
公園
❸
公園
❷

故事▼9

【第94頁】謎題❶
……請你們馬上趕到米花公寓的入口前廊

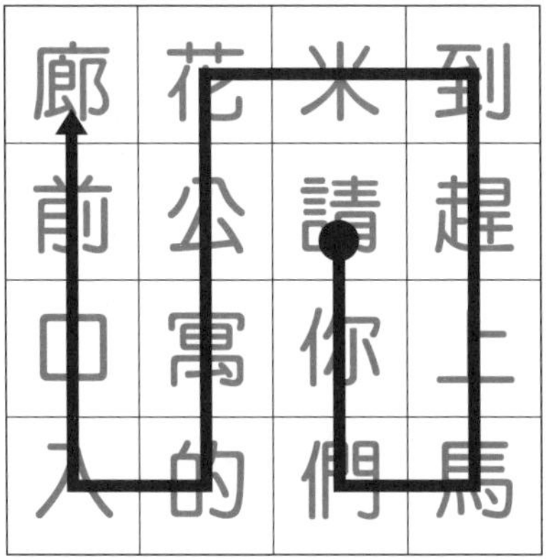
到趕上馬
米請你們
花公寓的
廊前中入

【第97頁】謎題❷
……請移駕到米花公園的飲水機

【第99頁】謎題❸
……我在米花百貨公司的屋頂等你目標是愛心氣球

故事▼10

【第105頁】謎題❶
④→③→②→①

【第109頁】謎題❷

起點
米花公園
郵筒
橋
橋
橋
便利超商
施工中
天橋
便利超商
天橋
便利超商
銀行
倉庫
醫院
白色公寓

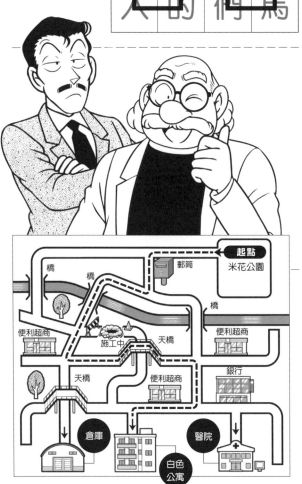

謎題解答

故事▼11

【第113頁】謎題❶
①……鞦韆
②……寵物
③……起司蛋糕

【第115頁】謎題❷

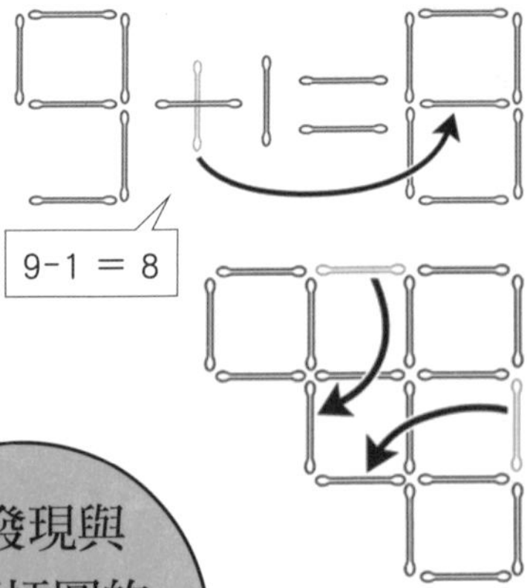

9-1 ＝ 8

【第115頁】謎題❸
……1束

【第116頁】謎題❹
……打成果汁均分

【第117頁】謎題❺
……87
※請上下顛倒著看。

你發現與封面插圖的不同之處了嗎？
書名頁的大家來找碴

MW00908981

國家圖書館出版品預行編目資料

名偵探柯南晨讀 10 分鐘推理課 2 / 青山剛昌原作；
游韻馨翻譯 . -- 初版 . -- 臺北市：三采文化
2021.1
冊； 公分 . --
ISBN 978-957-658-461-9（第 2 冊：平裝）

1. 科學 2. 通俗作品

308.9 109018687

suncolor
三采文化集團

名偵探柯南晨讀10分鐘推理課②

原作｜青山剛昌　原書名｜なぞときチャレンジ！ 名探偵コナン　編撰｜松田玲子
繪圖｜松田辰彥　編輯協力｜鈴木丈夫　日文版編輯｜明石修一（小學館）
日文版美術設計｜橫山和忠

製作授權公司｜台灣小學館股份有限公司　總經理｜齋藤滿　產品管理｜黃馨瑝　版權經理｜劉契妙
繁體中文版責任編輯｜李宗幸、蔡依如、姜孟慧　繁體中文版美術編輯｜蘇彩金　翻譯｜游韻馨

發行人｜張輝明　總編輯｜曾雅青
發行所｜三采文化股份有限公司　地址｜台北市內湖區瑞光路 513 巷 33 號 8 樓
傳訊｜TEL：8797-1234　FAX：8797-1688　網址｜www.suncolor.com.tw
郵政劃撥｜帳號：14319060　戶名：三采文化股份有限公司
初版發行｜2021 年 1 月 15 日　定價｜NT$300
　3 刷｜2021 年 5 月 25 日